I0539619

الناشر

الأبعاد الرباعية للطباعة والنشر والتوزيع المحدودة

Quad Dimensions Printing & Publishing

المملكة العربية السعودية ــ جدة

الرقم الموحد: 920004119 966+

info@sibawayhbooks.com

(ح) ابراهيم بن علي الطويل، 1434هـ

فهرسة مكتبة الملك فهد الوطنية أثناء النشر

الطويل، ابراهيم بن علي

نقب رسيول ــ الاحساء.

ردمك: 978-603-01-1622-5

1ـ القصص القصيرة العربية ــ السعودية

ديوي 813019531
رقم الإيداع: 1434/2194

1

نقب رسيول

مجموعة قصصية

إبراهيم بن علي الطويل

الإهداء

إلى المرأة قائدة الحب والسلام

إلى جدتي آمنة بنت إبراهيم القريني

إلى جدتي آمنة بنت حسين الفهيد

إلى والدتي فاطمة بنت محمد الفهيد

إلى زوجتي سعاد بنت علي العامر

إلى بناتي

فاطمة والشيماء و جود وبيان و سارا

إلى كل نساء العالم

أهدي هذه المجموعة القصصية

إبراهيم بن علي الطويل

تنويه:

كل ما ورد في هذه المجموعة القصصية هو من وحي الخيال وإن تطابق بعضه مع الواقع فهو محض صدفة غير مقصودة.

إبراهيم بن علي الطويل

نقب رسيول

فتح رسيول فمه متبسماً إلى أن ظهرت أسنانه الصفراء كاصفرار الصحراء القاحلة، ولمع سنه الذهبي المدلل في فمه مبدياً جمال ذلك السن في ليال حالكة كسحنته السمراء الفاتحة.

بدأ الحديث بين الناس في الفريج الشمالي عن معاناتهم أثناء الخروج إلى الفريج المجاور والمسمى البر، بدأت العرائض تلو العرائض تذهب إلى عمدة الفريج

أبومحمد موقعة من أبناء الفريج الكادحين مطالبة العمدة برفع المعاناة عنهم لكن لا فائدة فلا مجيب لهم، فالعمدة منغمس في ملذاته مع نسائه بل أعمته السلطة والجاه والتي جعلته أصماً عن المطالب والعرائض التي تلح برفع المعاناة وإيجاد الحلول.

****

صرخ عباس في جمع من الشباب المتجمهر للمطالبة بالحل، نحن ورثنا عن آباءنا ثقافة العرائض التي تكرس عبوديتنا للعمدة وحاشيته، فلماذا لا

5

نحاول أن نواجه العمدة مباشرة دون خوف لتلبية حاجاتنا ومطالبنا في إيجاد حل لمشكلة الانتقال والمرور من فريجنا للفريج الآخر، فأجابه صوت من وسط الشباب أسكت فالشيوخ أبخص منا، وهم حريصون على راحتنا قبل راحتهم، وأشار احدهم لعباس بأن لا يتكلم بهذا الكلام مرة أخرى وإلا جلده العمدة في عاير السكة لتطاوله على أعمامه وأسياده.

وبعدما كثر الهرج والمرج بين المتجمهرين، أشعل رسيول سيجارته التي أخرجها بكل عناية واهتمام من القوطية التي هي عبارة عن صندوق صغير يحوي مجموعة من السجائر المحلية الملفوفة بورق الكاغد كأنها أجنة في أرحامها.

ثم عاد يتفرج على هؤلاء الشبان الغاضبين والذين لا يحركون ساكناً كما هي عادة شبان الفرجان .

****

ذات يوم وهو في كامل أناقته والتي تضاهي أناقة عبود الناقة من فريج الكوت، فتح دكانه كعادته. فدخلت الصبية زكية تفوح منها رائحة البخور والعطور المحلية، تأنق أكثر ودنا منها بلطف،

فنطقت بدلال وتغنج أنت يا حلو بكم العيش الحساوي؟.

رقق من خشونة صوته ورد عليها بلطف وكلمات رقيقة أخجلتها بقوله لها تدللي العيش وصاحبه تحت أمرك، أخذت من دكانه الذي يبيع فيه المواد الغذائية

ما تريد (الأرزاق)عيش حساوي ولومي عمان وبهارات وبعض الحلبة وزيت الزيتون، ودعته هامسة في أذنه أنت يا سيد الحلوين سجلهم على الحساب ثم قالت له بغنج أكثر آه لا أعرف من سيحل معاناتي في الذهاب للفريج المجاور المقابل لفريجنا، ثم غمزت بعينها اليمنى وأشعلت قلبه مرارة وحسرة وشوقا، مسد شاربه بينما هي تسرع الخطى دون أن تترك له إجابة أو تعطيه مقابل ما أخذته.

****

بلوعة الشوق في قلبه بدأ يفكر في كيفية وصول الحلوة زكية (والتي يمكن ان تكون زوجة له) للفريج المجاور بسهولة ويسر، في تلك الأثناء سكنت أخته معصومة بالفريج المجاور وبدأ هو أيضا يتعب وأهل بيته أثناء زيارته لأخته.

يقع بيت رسيول بطرف فريج الرفعة الشمالية من جهة الشمال، كما يقع منزل أخته عصوم كما يحلو له أن يناديها بدلال خلف بيته من الفريج المقابل، وبعد المعاناة والتفكير في الحلوة زكية وبعض الأحيان أخته عصوم توصل لحل يريحه وأهل بيته، وقرر أن يعمل فتحة صغيرة في الجدار المقابل للفريج الآخر من بيته، فقد تكون (نقبا) فتحة صغيرة تكفي لمرور شخص واحد من أهل بيته عندما يريد الذهاب للفريج المقابل بكل سهولة ويسر، ثم تطور الأمر على مدى شهور بأن جيرانه وعائلته بدءوا يرتادون النقب لسهولة المرور فيه والانتقال للفريج الآخر خلاله، وهكذا شيئاً فشيئاً توسع نقب رسيول ليتسع لفردين أو ثلاثة أفراد للمرور منه في وقت واحد.

****

أثناء اجتماع الشباب لنفس المشكلة قال رسيول يا شباب الفريج الحل عندي في إراحتكم من عناء تقديم المعاريض للعمدة واستعباده لكم، وهذا الحل سيسهل عليكم المرور للفريج المقابل.

فتح الجميع عيونهم صوبه منتظرين ما سيقوله رسيول ذو السن الذهبية المتواجدة في آخر صف من أسنانه المتهالكة، بدأ يشرح لهم ما عمله في جدار بيته بأنه عمل نقباً أي ثقباً واسعاً للمرور منه للفريج الآخر، وقال بصوت خشن مرتفع وبكل ثقة ها أنا أتبرع بنقبي لأهالي الفريج وأجعله عاماً يستخدمه الناس جميعاً.

صفق الجميع وهتفوا بصوت مرتفع يعيش نقب رسيول . . . يعيش نقب رسيول.

بعد أن هدأت الأصوات المرتفعة بادرهم رسيول بقوله لكن عندي شرطين مهمين يجب أن يلتزم بهم الجميع، فسكتوا منصتين وموافقين لهذا الرجل الكريم والشهم الذي ذكرهم بحاتم الطائي في زمانه، خاطبهم رسيول بقوله شرطاي بسيطان جداً، أولهم يجب أن يساهم جميع شباب الفريج بتوسعة نقبي ليكون ملكاً لهم جميعاً لأن مرور شخص أو شخصين لا يكفي، وثاني الشرطين أنه في صبيحة كل جمعة من كل أسبوع يتم رش ماء الورد والياسمين على جوانب نقبي الواسع لتدوم الروائح الزكية في داخله على مرور الأزمة والأيام.

أبدى الجميع موافقتهم على شرطيه بكل فرح وسرور.

تجمع شباب الفريج لبدء العمل في توسعة نقب رسيول، فكل يحمل أداته في التوسعة، بعضهم حمل معه صخيناً وآخر هيباً وآخرين بأيديهم ومنهم من جاء بأدوات مختلفة فكل على حسب استطاعته.

بدءوا العمل هاتفين بالصلاة على محمد وآل محمد، بدء الآخر تلو الآخر ينشدون أهازيج خاصة بهذه المناسبة السعيدة في توسعة نقب رسيول.

أنشد أحد الشباب شيئا من شعر أبو القاسم الشابي وبدأوا يكررون هذا البيت:

إذا الشعب يوماً أراد الحياة   فلا بد أن يستجيب القدر.

رد احدهم بتهكم والجميع منهمك في توسعة النقب ربما كان هذا الشاعر محشش أو سكران عندما قال هذا الشعر، فهاهو العمدة لا يزال يستعبد أهل الفريج ويتمتع بسلطاته وملذاته وأهل الفريج لازالوا تحت سطوته وجبروته، ضحك الجميع من كلامه واستمروا في توسعة نقب رسيول إلى أن أنهوا

العمل بعد ساعات من الجهد المتواصل والمتعب بدون توقف إلا لحظات من اجل تناول شيئاً من عصير الليمون الحساوي المعمول لأجل هذه المناسبة السعيدة.

****

في أحدى أيام الجمع المباركة خطب الشيخ عطية في خطبة صلاة الجمعة بعد أن حمد الله وأثنى عليه وذكر الناس بيوم الحساب ووعظهم بعدم الركون للدنيا وشياطينها، امتدح بعدها وجهاء الفريج وعلى رأسهم العمدة أبو محمد بحرصه على مصلحة الفريج وأهله ودعا له بدوام الصحة والعافية، وبعد أن أنهى المصلون الصلاة، توجهوا جميعهم لافتتاح توسعة نقب رسيول رسميا، وبدأ الحفل النقبوي للفريج وفيه تم تكريم الشيخ عطية والعمدة وأعوانه وجميع من تعب في توسعة النقب كان فاتحاً فاهه لا يتكلم من هول المفاجأة في تواطأ الشيخ عطية والعمدة أبو محمد في سرقة مجهود شباب الفريج ونسيان تكرم رسيول بنقبه دون مقابل.

وفي دهشتهم وحيرتهم تلك تحرك العمدة والشيخ عطية معا ثم قال العمدة بصوت مسموع في أذن

الشيخ: ترى الليلة عشاك عندنا في البيت، وزكية تنتظرك في السطح، وأردف قائلاً انت أعرف بشرع الله وسنة نبيه.

غادر الجميع مرددين :

إذا الشعب يوماً أراد الحياة فلا بد أن يوسع نقب رسيول

يعيش نقب رسيول .... يعيش نقب رسيول

نافذ بوعيد

بعد ان ضرب ابنته رباب ضرباً مبرحاً لأنها قلبت نعلته الزبيرية على وجهها ضنا منه إنها تهين الله سبحانه في عرش ملكوته السماوي، خرج علي عبر باب بيته الحديدي الصدأ من أسفله وجوانبه كأنه عروس بحناء ليلة عرسها. ليلة فرحها الأبدي، متجهاً للمسجد الكبير.

وحين عاد كان بانتظاره حسين وفاضل وجعفر يتوسطهم الشيخ أبوعبدالله وبدأ اجتماعهم لأمر مسجد الوصيفر القريب من نقب رسيول قبالة نافذ بوعيد ليحسموا امر ولاية المسجد ليتقربوا لله سبحانه لأن هذا هو تكليفهم الشرعي، القيام بولايتهم للمسجد ولاهتمام به ورعايته، فقد استولى عليه السيد محمد والعمدة دون وجه حق.

بدأ حسين بكتابة معروض لولي الامر بالمنطقة وهو المعروف بجودة خطة وتعبيره الحسن في الكتابة اكثر من اقرانه بالفريج، وبعد أن فرغ

حسين من كتابته راجعه الشيخ و صحح الأخطاء القليلة ووقع عليه بتوقيعه الشريف ثم وقع بعده الآخرين طالبين من الشيخ أن يقرا على الخطاب وينفخ عليه لتنزل بركة المولى الجليل فيه.

طوى حسين الخطاب بعناية كبيرة وضمه بين ذراعيه كما يضم الحبيب حبيبته في لقاء حميم في ليال الانس الجميل.

و في صباح مشرق صافي من أيام الأحساء ذهب حسين لولي الأمر وهو ممتلئ ثقه أنه لن يخيب، استأذن للدخول وكأنه يستأذن عند عتبات مقام من مقامات أولياء الله الصالحين، وبعد انتظار طويل أذن له بالدخول، بعد أن مشى خطوات تلو الخطوات بتأني وصل لطاولة ولي الأمر الجالس على كرسي فاخر طويل الظهر مزركش بجوانبه زخارف إسلامية من العصور الإسلامية خيل إليه أنه في حضرة احد خلفاء الله الراشدين .

سلم عليه سلاماً مبجلاً فأمره بالجلوس على الكرسي الجانبي دون أن يرد التحية وبعد انتظار طويل سأله ما عندك وما هي حاجتك، بدأ حسين بالحديث عن معاناتهم مع العمدة والسيد حسين و استيلاؤهم على المسجد وأنه هو أولى من غيره في ولايته على المسجد، سأله ولي الامر هل كتبت بذلك خطاباً تشرح فيه الأمر وتعرفنا بالمسجد وموقعه؟، رد حسين مسرعاً نعم وهذا هو المعروض به إيضاح للأمر وموقع من وجهاء وشيوخ الفريج، ثم وضعه على المكتب بعد ان أشار له ولي الأمر بالانصراف قائلاً له سننظر في امركم بإذن الله.

غادر حسين وهو يمني نفسه بولاية المسجد وكأنه سيملك جنان السماوات بل السماوات والأرض معاً.

في صبيحة يوم الجمعة المبارك سمع علي من داخل بيته وهو متكأ على مسنده الملون وبيده

رطب الخلاص مرتشفاً القهوة العربية الداكنة اللون بالنكهة المحببة إليه أصوات التكبير والتهليل تتقافز من المسجد المتنازع عليه، ترك قهوته على الأرض عاضاً بين اسنانه على رطبته ساحباً ثوبه من على المسمار المعلق به، لبسه وهو يتحرك نحو يد الباب ممسكا بها بقوة ساحباً إياها للخلف، وعندما وصل للمسجد وجد السيد محمد يهلل ويكبر مع جمع غفير من أبناء الفريج والموالين للسيد محمد فتراءى له المسجد كفلسطين المحتلة عندما تم احتلالها من قبل الصهاينة كما سمعها من اخبار لندن بالراديو في مجلس أبو صالح، هرول مسرعا حافي القدمين يطوي الأرض كخيل أبطال معركة بدر، وصل يلهث عند بيت الشيخ أبوعبدالله طرق الباب بقبة يدية بقوة كاد أن يخلع الباب من شدة طرقه، خرج الشيخ فزعا من شدة الطرق، بادره علي، الحق الحق يا شيخ فقد احتل العمدة والسيد المسجد، اخذ نفساً قبل أن يكمل كلامه.

سحب الشيخ بشته من أطرف البيت بعجلة، أسرعا يسابقون الريح وصلا للمسجد فوجداه مكتظا بالرجال وفي مقدمتهم السيد محمد، خاطبهم الشيخ بأن يتقون الله ويتوبوا إليه، فالمسجد له سبحانه وولايته لخلفائه في أرضه وأكد أنه من خلفاؤه وأوصياؤه.

لم يستمع إليه أحد، لكن جويسم بوشنب أمره بالذهاب فهو لا يستحق بأن يكون ولي للمسجد، احتد الكلام بين الطرفين ورفع حسين يده وضرب جويسم، قفز موسى كأنه قط محكور في عاير ورد بلكمة قوية اطاحت بحسين أرضاً، تبادل الأطراف السباب والشتائم والضربات واللكمات كأنهم في معركة من معارك آباءنا المسلمين ضد الكفر والكافرين، توقفت المعركة على صوت صفارة الشرطة الذين أحضرهم العمدة وقد أسفرت تلك المعركة عن عدد من الجرحى وبعض الكدمات الخفيفة وقد سال الدم من جروح المؤمنين على عتبة المسجد قربأنا لرب البيت، أمرتهم

الشرطة بالتوجه لمنازلهم وإلا أخذوهم للسجن فورا، ارتحل الجميع وبقي العمدة يمسح قرابين الفريج من دمائهم على عتبة بيت الله.

نام الجميع بجراحتهم وآلامهم في ليلة الجمعة المباركة سائلين الله القبول،

عندما بزغ الفجر أذن المؤذن لصلاة الفجر انتبه الشيخ أبوعبدالله مصغياً للأذان وقد كان صوت عبدالرحمن ولد سعد والذي يسكن بالمحارف صادحاً يقول في أذانه بصوت واضح " الصلاة خير من النوم الصلاة خير من النوم"

فكر في الخطاب الذي وقعه للوالي وحسين وفاضل وجعفر وبقية المؤمنين فدارت برأسه أفكار لا يعرف كيف هي.

أما علي فخرج من بيته ذاهباً للمسجد الكبير لأداء صلاة الفجر كعادته في كل يوم وحين مر بجانب المسجد الذي شهد المعركة الكبرى لفت انتباهه لوحة معلقة على باب المسجد مكتوب

عليها مسجد الوصيفر، تابع سيره سرحانا لا
يدري ما حصل حتى أنه ضاع في الطرقات
دون صلاة فانقطعت نعله الزبيرية. لحظتها
فقط كان يشغله باب بيته الصدئ كأنه حنا
عروس وألم أبنته رباب.

ساباط السماعيل

نزل الشيخ رضا من السيارة قادماً من سفر طويل أستمر عدة اشهر لزيارة الأمام الحسين بكربلاء المقدسة، توكأ على عصاه المزركشة بفصوص فضية وزخارف نباتية نقشتها أيادي فنان بارع من بلاد الرافدين، أخذ يخطو خطواته المتثاقلة والمتعبة من السفر يزيدها ثقلاً العمر المديد الذي أمده الله به.

توجه نحو ساباط السماعيل يرافقه أخاه صالح الذي قبل يده ومد ذراعه ليتكأ عليها الشيخ رضا، في أثناء صعودهم لذلك الساباط المرتفع قليلاً عن مستوى الشارع المقابل له سمع من احد البيوت بكاء طفل رضيع ذكره ببكاء عبدالله الرضيع عندما صرخ من شدة الألم في يوم العاشر من المحرم، تأوه قليلاً ونزلت دمعة ساخنة على وجنتيه متذكراً تلك المشاهد والعتبات المقدسة، سلام الله عليك يا أبا عبدالله الحسين ورحم الله عين بكت على مصابك تحدث بهذه الكلمات وهو يتقدم في ذلك الساباط بخطواته المتثاقلة.

رفع بصره نحو جدار منزل أمامه فوجد الشمس متداخلة مع الجدار مشكلة ظلاً جانبياً منكسرا نحو اليمين، تابع وأخيه سيرهما داخل الفريج مبتعدين عن ذلك الساباط شيئاً فشيئاً.

عند دخوله الفريج تقدمت نحوه قطة مرقطة بالأبيض والأسود وهي احد قطط أم سلمان، أخذت تموء وتحرك ذيلها وتدور حوله ملتصقة به كأنها تقول له اشتقنا لنفسك الطاهر وتسبيحك لله الواحد القهار.

مر بجانب دكان راضي الملاصق لحسينية السماعيل وكان جالساً عند باب دكانه مع أحد رجالات الفريج يتحادثان في أمور الفريج وتغيرات شبابه، نهضا وسلما عليه وقبلا رأسه حامدين الله على سلامته ومتلهفين للجلوس معه، حياهم بشوق وقال بعد أن أستريح سأجلس في مجلسي بعد المغرب للقاء أهل الفريج وغادر نحو بيته الواقع عند جهة اليمين من بعد ساباط السماعيل.

وصل بيته متعباً سلم عليه أهل بيته ودخل غرفته ليرتاح من عناء السفر، بعد عدة ساعات جلس من نومه ليستحم ويبدل ملابسه ليذهب للصلاة في

المسجد الكبير الذي يبعد عدة خطوات من بيته، ذهب للمسجد وبه عدة أشخاص من المصلين بعضهم ارتفع صوته قليلاً نهره الشيخ وخاطبه بأن يتأدب بحضرة الله عز وجل وفي بيته سبحانه وتعالى، لم يلقي هذا المصلي بالاً لكلام الشيخ بل رفع صوته أعلى من السابق فما كان من الشيخ رضا إلا مغادرة المسجد احتجاجاً على تصرف ذلك المصلي، لكن الآخرين هبوا للشيخ يسترضونه مسلمين عليه قبل بعضهم رأسه حامدين الله على سلامته ومعاتبين المصلي لعدم سماعه كلام الشيخ أحنى ذلك المصلي رأسه خجلاً مما بدر منه وقبل يدي الشيخ معتذراً نادماً، قبل الشيخ اعتذاره وتقدم نحو المحراب لإقامة الصلاة.

بعدما فرغ من الصلاة والتسبيح هب المصلون لحضرته والسلام عليه وعاتبوه عتاب المحب لطول فترة غيابه عنهم وعن الفريج وأهله، تبسم وقال الحمد لله الذي وفقني لزيارة أولياءه ووفقني أيضاً لمتابعة بعض الدروس الفقهية عند علماء النجف الشريف فلقد من الله علي بالدرس عند فطاحل العلماء منهم السيد محمد باقر الصدر، فهذا العالم

جهبذ وهو من تلامذة السيد أبا القاسم الخوئي الذي يكن له محبة وتقدير كبيرين لنباهته وحذاقته الفقهية.

بعد صلاة المغرب فتح الشيخ رضا مجلسه لمحبيه ومريديه للسلام عليه والحوار معه في شتى المواضيع التي تهم الفريج وغيرها من المسائل الدينية التي يسأل عنها الناس فيما يبتلون في حياتهم اليومية.

دخل المجلس الحاج حسن احد شخصيات الفريج المحبوبة والمهابة من الجميع وذلك لسعة أفقه ولأنه يقوم بتعليم أبناء الفريج الكتابة والقراءة والتعبير ويؤدي مهمة جليلة لأهل الفريج والناس الآخرين وهي كتابة الدين أي عند الاقتراض من شخص معين يقوم الحاج حسن بكتابة صيغة ذلك الاتفاق الذين بين الطرفين وغيرها من عقود البيع والشراء والعشيات «القرض بفائدة ـ بحيلة شرعية » بطريقة شرعية وقانونية معتمدة لدى الجميع.

سلم على الشيخ وقبل رأسه ويديه، أجلسه الشيخ عن يمينه وكان على شماله السيد ناصر احد ابرز تلامذة الشيخ رضا في ذلك الفريج.

بدأ الحوار يسخن ما بينهم في قضية التشريعات الإسلامية وما يطرحه السيد محمد باقر الصدر في أبحاثه حول الاقتصاد الإسلامي ونظرياته في البنوك اللاربويه وغيرها من الأفكار التي عملت تموجاً كبيراً في أوساط الحوزة العملية بالنجف الشريف وما جاورها من حوزات علمية.

وكان بيد السيد ناصر بعض الأوراق والتي أشار بيده إليها وذكر بأن السيد الصدر في بحثه هذا حول الاتجاهات المستقبلة لحركة الاجتهاد وفي محور الانكماش في الهدف وترسخ النظرة الفردية في الذهنية الفقهية أي التركيز على الفرد المسلم دون المجتمع المسلم ككل متكامل يورد هنا مثالاً جميلاً حول نظام الصيرفة:

" فنظام الصيرفة القائم على أساس الربا مثلاً بوصفه جزءاً من الواقع الاجتماعي المعاش يجعل الفقيه يحس بأن الفرد المسلم يعاني مشكلة تحديد موقفه من التعامل مع مصارف الربا ويتجه البحث عندئذ لحل مشكلة الفرد المسلم عن طريق تفسير مشروع للواقع المعاش بدلاً من الإحساس بأن نظام الصيرفة الربوي يعتبر مشكلة في حياة جماعة ككل..... لأن

ذهن الفقيه في عملية الاستنباط قد استحضر صورة
الفرد المسلم... ".

بعدما أكمل السيد ناصر قراءة بحث السيد الصدر
التفت إليه الحاج حسن وقال له ما أعمله في تحرير
وكتابة عقود الدين والإقراض للمستدينين
والمقترضين هو لب ما ذكره السيد الصدر، فنحن لا
نعالج المشكلة الربوية بل نوجد حيلة شرعية بشراء
كمية من القماش المهترئ والذي لا يمثل قيمة الدين
حقيقة وذلك لكي يرتاح ضمير الفرد المسلم ولكي لا
يدخل في بطنه الحرام، عندها تحدث كاظم والذي
يعمل بأحد البنوك المحلية وذكر بأن البنوك المحلية
توجهت الآن لهذه النظرة وذلك بأسلمة البنوك عن
طريق إيجاد حيل وصيغ شرعية تريح الفرد المسلم
في تعاملاته البنكية والمصرفية ولكنها لا توجد حلاً
للمشكلة الربوية والتي تنهك المجتمع المسلم وتدخله
في دوامة الديون الربوية القاتلة.

هز الشيخ رأسه تأكيداً لما تم تداوله في هذا الشأن
وقال عجل الله خروج صاحب العصر والزمان
ليفرج عنا هذه الغمة وينشأ دولة إسلامية عادلة
ترتاح البشرية فيها من الظالمين.

أطبق الصمت على الجميع إلى أن استأذن الشيخ من مجلسه ليرتاح من عناء السفر الطويل وغادر جميع من في المجلس وأغلق باب الشيخ معلناً نهاية حوار ساخن لم يصل لإجابات محددة.

سمع الجميع مواء قطط أم سلمان باحثة عن فأر سمين من فئران الرأسمالية لتلتهمه ولكن حصى الولد الشقي سمير سبقت تفكيرهم وتطايروا باحثين عن ملجأ ولكن الدماء سالت قبل أن تجد لقمة تأكلها.

نامت القطط ونام أهل الفريج، وهكذا ارتاحت الفئران من هم وصداع دائمين.

البستان

في ضحى يوم مشمس عند البستان تجمعت النسوة
في سكة ام عيسى واحضرن معهن أوانيهن لكي
يشاركن في زواج كاظم ولد ام عيسى، فضة ذات
البسمة الساخرة احضرت معها منسفها الكبير لتنقية
الرز من الدواب والأوساخ العالقة به، لكن فوزية
ذات الشعر الأجعد وكأنه شوك قنفذ يتربص بفريسته
قد جلبت صحنها وسكاكينها الحادة لتقطيع وتقشير
البصل والطماطم معهن، وهكذا بدأت النسوة في
إعدادات الطبخة لوليمة الزواج، وهن يلون أشعة
الضحى باحاديثهن عن أزواجهن المتسلطين أو
أولادهن التائهين في اللعب بين سكيك الحي وتتلون
الاحاديث إلى أن تصل لمؤامرات ودسائس لفلانة
وعلانة .

******

اتفق عبدالكريم مع أبوطاهر لطبخ العشاء لتكتم وليمة
الزواج وكذلك اتفق مع أبو يوسف ليصدح بصوته
العذب الشجي بالجلوات والاهازيج الشعرية لنثر
البهجة والسرور لعرس ولده كاظم.

29

عند شروق يوم ما قبل العرس تجمعن نسوة الفريج عند البستان في سكة ام عيسى وخيرية تتمشى متمايلة كأنها غزال عربي فلها جسم رشيقا كأنه غصن البان وقد كان بيديها الناعمتين جدر به ودمة مكونة من سمك متيبس مطحون يسمى أحساس وحمض معصور من الترنج الحساوي وبجانبه ينام بهدوء فجل حار كانه الفلفل الهندي، وفي اثناء تمايلها في السكة ممسكة الودمة وكأنها طفلة بين ذراعها خرج حبيب متنحنحا من باب بيتهم يتخطى النسوة الجالسات بالسكة ولقد لمحت عيناه الزرقاوان خيرية بذلك الجسم الرشيق وشاهد خصلات من شعرها البني تتطاير مع ريح خفيفة تتحرك بإزاء جسمها الممشوق في دلال، غمزها فابتسمت له تأوه وتأوهت للشوق الذي في قلبيهما، ففي حديث سابق مع والدته بأن تخطب له خيرية التي شغفت قلبه حباً ووله إلا أن والدته أمرته بالصبر سنة إلى أن يجمع المهر.

عند خروجه من السكة وبجانب العاير التقط تمرة مرمية على الارض وبجانه قطعة من خبز يابس التقطهما وقبلهما كأنما يقبل حبيبته ورفعهما إلى رأسه تكريما وشكرا للنعمة ووضعهما في شق من

شقوق الجدار الطيني للبستان ليحفظه الله كما حفظ
نعمته .

****

في ظهيرة يوم الزفاف تجمع شباب الفريج يتقدمهم
حبيب واخذوا المعرس لعين ام خريسان لتنظيف
كاظم المعرس ليلمع كان القمر في ليلة عرسه، وزع
مهدي على الجميع اكياس بها صابونة رقي، وزرنيخ
وليفة ليتنظف الجميع استعدادا لليلة الزفاف، تجمع
عبدالله وعيسى وطاهر وموسى وحبيب واخذوا
كاظم ورفعوه عالياً على اذرعهم ورموه في المياه
المتدفق من منبع العين، تقافز الجميع من الضحك
والمرح، بدأ عباس يفرك جسد كاظم بالليفة وصابونة
الرقي بقوة وكأنه يريد ان يزيل أوساخاً متراكمة على
مر عدة عقود من الزمن، فرغ الجميع من السباحة
فبدأ زفاف المعرس من عين ام خريسان إلى الفريج
بسيارات شباب الفريج وكانت سيارة المعرس مزينة
بزينة تميزها عن غيرها، فقد ركب كاظم في الخلف
وبجانبيه حبيب وعدنان رفقاء دربه ويقود السيارة
خاله راضي صاحب السيارة الفارهة، بدأت سيارة
المعرض بضرب الهرنات من ابواقها الضخمة تلتها
السيارة في خلفها، وصلوا عند الفريج قرب المغرب

انزلوا المعرس ليزفوه لبيت والده لتستقبله النسوة بالأهازيج والصلوات على محمد، ورمي المشموم والحلاوات والنقود على راسه الميمون، جلس قليلاً في وسطهن خجلا مطرقاً ببصره للأرض وقلبه يتقافز فرحاً وشوقاً لرؤيه زوجته.

في ليلة الزفاف بدأت بوادر حمى تسري في جسد حبيب حاول أن يغالب نفسه للذهاب لحفلة زفاف صديق عمره كاظم بالحسينية الحيدرية مع صديقه عدنان ولكنه لم يستطع، فأبلغ عدنان بأن يذهب ويبارك لكاظم بالنيابة عنه ولا ينسى أن يقضم خده علامة لحبه له، بعد أن زف كاظم لزوجته في آخر الليل ذهب والد ووالدة حبيب للبيت فشاهدا ابنهما حبيب وقد اعيته الحمى فجلسا بجانبه يضعا الماء البارد على جبينه ويقرا عليه والده القرآن لعل الله يشفيه ويعافيه وكانت والدته تتضرع لله بجاه اهل البيت بأن يشفي ولدها ونظر عيونها حبيب ويبلغها في عرسه.

في الصباح الباكر ذهب والده للقيصرية عند الحواويج وسألهم عن علاج ابنه فأعطاه الحجي جعفر صرة فيها أعشاب وناوله صرة اخرى بها اعشاب اخرى وقال له خذ من كل صرة ملعقة وأذبهم

32

في الماء معا وشربهم ولدك لمدة يومين ويتعافى بإذن
الله بس خل يشربهم على الريق قبل ما يكل شيء،
أخذ الصرتين وأعطاه مبلغا من المال وذهب بسرعة
الريح للبيت، أعد له العلاج واعطاه إياه ليشربه
حبيب ويداه ترتجفان من شدة الحمى وقد بدأت تظهر
على جسده دمامل كبيرة وصغيرة كثيرة على جسمه
بأكمله، عرف والده ان ذلك يسمى الجدري كما
شاهدها على جسد ولد عمه محمد قبل أن يتوفاه الله
برحمته، هلع قلبه وجلاً وتمنى أن لا يكون ذلك
واخفى هلعه عن زوجته لكي لا يغمى عليها من
الحزن والروعة، قرا عليه آيات من القرآن ونفخ
عليه مع الصلاة على محمد وآله، أخذوه لراية
الحسين لتقرا عليه السيدة ام محمد نخوة ام البنين ففي
بركاتها الشفاء، في أثناء ذلك انتبه حبيب وهمس بإذن
والدته سيحفظني الله كما حفظت نعمته التمرة
ووضعتها في جدار البستان فأردفت والدته ببركة
الحسين وأم البنين إن شاء الله، ثم أغمض عينيه
فصرخت أمه وليدي حبيب يا نظر عيني.

سكة النجاجير

نفث مهدي سحابة من دخان حديث نزل السوق وراج رواجاً كبيراً، دخان أبو خمس نجمات رائحته تشبه رائحة تفاحة نتنة لها شهر معرضة لشمس الصيف تحت جدار بيت أم سلمان بعيدة عن اعين قططها الجائعة.

أخذ نفساً من سيجارته ونفث سحابة أخرى شكلت غيمة من غيمات شتاء ممطر، كان جالساً عند درج السطح المؤدي لعشة الطيور التي يربيها أخوه حيدر الأصغر منه سناً، واضعاً قدم على الأخرى شاخصاً ببصره للسماء التي يحوم في فضاءها طيور متنوعة الراعبي والشماسي ويتقدمهم المصرول إنها تحوم حول عشتها في السطح باحثة عن حرية زائفة .

إنتهى من آخر نفس من أنفاس سيجارته ودعها توديعاً حاراً وفركها في أرضية الدرج وكأنه يضمها لصدره العاري، نهض متثاقلاً فقد تذكر أن يذهب لحسينة السادة لأخذ عزاء نعيمة بنت عمران فقد توفيت إثر نزيف لها أثناء الولادة فقد كانت الولادة الأولى لها، تنهد وقال مسكينة نعيمة فقد زوجها أبوها

ولها من العمر تسع سنوات، فقد خطبها الملا عبدالحسين بعد أن توفيت زوجتها الرابعة ام عباس، فهو يحب أن يكون من الذي يثقلون الأرض بالموحدين لله، فقد انجب ستة وثلاثون أبناً وابنة، إنه لا يترك سنة ولا مستحباً إلا عمله امتثالا لسنة النبي صلوات الله وسلامه عليه، لبس ملابسه خرج من بيته عند سكة النجاجير فوجد امامه قططاً صغيرة تموء وبجانبهم أمهم فخاطبها وعينيه على صغارها هنيئاً لكي فأنت ممن يثقلون الأرض بتوحيد الباري عزوجل.

سار نحو الحسينية وصل هناك فرأى الحسينية بها بعض من الأشخاص يسلمون على هذا ويقبلون ذاك ويعزون آخرين، تحرك نحوهم وعزاهم واحداً واحداً وجلس بجانب المنبر الحسيني عله يأخذ بركاته، أخذ فنجان القهوة من ياسين الذي يصب القهوة في الحسينية، مر بجانبه من يوزع السيجار في صحن كبير أخذ سيجارته من نوعه المفضل أشعلها بحماس متعطش لتقبيلها، كان بجانبه ابن عبدالحسين الأوسط وقال هنيئاً لها الجنة فهي شهيدة فقد توفيت عند الولادة، رد مهدي رحمها الله فقد كانت مطيعة لزوجها فهو ولي نعمتها.

بعد مدة قصيرة غادر الحسينية متجها لمنزله وهو
يفكر في أن يتزوج الزوجة الثانية لعله يثقل الأرض
بأولاده الموحدين لله، وصل لسكة النجاجير فوجد
ابنته رباب تعلب مع زهرة بنت خالتها، فقال سبحان
الله إنها التي ستنجب الموحدين في الأرض ليتباهى
بهم نبي الرحمة يوم القيامة وإن ماتت في الولادة
تكون من شهداء امة الرحمة، تنهد وقال الحمد لله إنه
الموعد المحتوم في سكة النجاجير إنها السكة التي
ستشهد ولادة أكبر عدد من موحدي جبار السموات
والارض، سحب سيجارته الثالثة من مكانها الوادع
وأشعلها ناراً كما اشتعل قلبه من حب للنساء وحب
لإكثار نسل امة محمد.

براحة السيد

ضربت ام علي طفلها محمد ونهرته لكي ينام ليصحو من صباحية رب العباد، وقالت له أم حمار بعد ساعة بتجي في السكة لتأخذ الي ما ينامون من الأطفال، على الفور غطى وجهه لينام، غرفة نومهم ملاصقة لجدار البيت الخارجي المطل على السكة والتي كانت بالقرب من براحة السيد، سمع أقدام تتحرك خارج المنزل فازداد خوفاً فتلحف بالبطانية بشكل اكثر وكتم انفاسه لتمر ام حمار بدون أن تسمع انفاسه، تباعد الصوت رويدا رويدا إلى ان تلاشى بعدها تنفس بعمق واسترخت انفاسه ليغط في نوم عميق .

مرت السنوات تلو السنوات وكبر محمد وكبرت شقاوته معه إلا إنه لم يتغير في موعد نومه فهو لا يسهر خارج منزله خوفا من ام حمار.

في العقد الثاني من عمره تزوج من معصومة ابنة عمته، البنت تلامسها مسحة من جمال عربي وذات رقة متناهية، إلا إنها شديدة الحياء والخجل حتى مع زوجها في علاقتهم الخاصة بالفراش، فلشدة الحياء

39

والخجل تنام ملتحفة بعباءتها في اول اشهر زواجها، ثم رويدا رويدا بدأت تتعرف على واجباتها الزوجية وبدأت تستجيب لنداءات الغريزة مع زوجها.

تعرف محمد على شلة من الشباب الزقرتيه في الفريج ولكنه لا يشاركهم سهراتهم بآخر ليالي الصيف الجميلة خوفاً من ام حمار والذي لا يزال يلازمه منذ طفولته .

ذات مرة أصرا عليه أحمد وصالح على سهرة في ليلة الجمعة وقالا له ما عليك سنتدبر امرك.

أخبر زوجته أن اصدقاؤه قد دعوه لسهره معهم وربما سيتأخر قليلاً، معصومة لم تلقي بالاً ليقينها بأنه لن يتأخر كثيراً حسب ما تعرفه عنه وعن خوفه من ام حمار فأمهات الفريج قد زرعن في ابناؤهم خوفا من أم حمار للحفاظ عليهم من السهر خارجا وترك زوجاتهم واطفالهم.

عندما حل المساء وهدأت الارواح تنفس الصيف وهبت نفحاته الحارة والتي تلهب نفوس العشاق، تجمع صالح واحمد ومعهم عبدالله الذي جلب معه الحمار إلى السهرة معهم ثم تبعهم محمد فكان تجمعهم في براحة السيد، سحبوا الحمار إلى أقرب

سكة سد لربطه هناك، وهم بالبراحة مع آلاتهم الموسيقية من العود والطبول، بدأ الحمار ينهق بصوت عالي ليظن الناس أن ام حمار قد اتت ومعها الجن ليخطفوا اطفال الفريج، بدأت شلة الأنس بالضرب على الطبول ومن ثم أمسك صالح العود ليعزف تقاسيم جميلة وسخن جو الطرب وبدأ محمد يتراقص على انغام العود وضربات الطبول ليصرخ احمد عاشوا عاشوا .

في اثناء ذلك حضرن ثلاث فتيات فاتنات من خارج الفريج لتكتمل السهرة والرقص الجميل، بعد النغم الجميل والرقص المثير أسترخى الجميع ووضعوا الأكل ليأكل الجميع من ملذات جنان الأرض الأحسائية.

اقترب الفجر بدأ الجميع يزيل بقايا الأكل والشرب وعدة الغناء، اخذ عبدالله الحمار من مكانه ورحل مع الجميع والحمار ينهق بصوت عال.

عند الفجر خرج رجال الفريج يسبقهم محمد لأداء صلاة الفجر والجميع يحمد الله سبحانه أن عدت الليلة الماضية على خير فام حمار والجن التي اتت بهم لحفلتها البارحة فلم يختطف طفل من اطفال

الفريج، فالحمد لله والشكر له فكل ذلك ببركة السادة
والعلام الي في الفريج هكذا قال محمد للجميع عند
دخوله معهم المسجد.

براحة المسجد

عندما انبلاج فجر يوم ربيعي ذو نسمات هادئة انتشر خبر وفاة الأمير المسؤول عن المنطقة، بدأ الوجهاء من اهل الفريج والفرجان المجاور الاستعداد لتأدية واجب العزاء في مجلس الإمارة، ذهب وفد الفريج يتقدمهم الملا محمد بعصاه الفضية ذات الحلية الملتوية عند رأسها والسيد كاظم بذهنه المشغول بقصيدة حزن ينشدهم امام الأمراء والوجهاء في عزاء المغفور والشيخ سلمان مع ابنه هادي تاجر الأواني وبعض من أفراد الفريج لمجلس الإمارة، دخل الجميع وادوا واجب العزاء وخرجوا بعد أن اثنى سمو الأمراء على قصيدة السيد كاظم في رثاء المغفور له.

في اليوم التالي وعند براحة المسجد اجمعت عدد من نسوة الفريج تتقدمهن أم الملا محمد التي تزداد جمالاً كلما تقدم بها العمر، صوتها الناعم ذي الفصاحة البلاغية أخذت تنادي يا نساء الفريج يا نساء الفريج يا اهل الواجب، لماذا يذهب الرجال فقط لتقديم واجب عزاء المغفور له سمو الأمير ونحن هاهنا قاعدات!!.

نحن مثل الرجال لنا مالهم وعلينا ما عليهم، يجب علينا التوجه لمجلس العزاء فهذا واجبنا أيضاً، هتفت أحدى الحاضرات وياش وياش يا أم محمد وياش وين ما تروحين وياش، رددن الحاضرات وياش وياش.

صلت على محمد وآله وقالت لابد أن نختار مجموعة لتذهب لمجلس العزاء، ما ريكن أن نختار بالقرعة من بيننا ليذهبن، بسرعة وحماسة ردد الجميع أنت على رأس القائمة بدون قرعة واختاري أنت ونحن طوعك أمرك.

فعلاً تم اختيار مجموعة من نسوة الفريج وذهبن لأخذ عزاء المغفور له وأثناء المغادرة تم توجيه لهن الشكر والامتنان من الإمارة لهذه الخطوة الجميلة منهن.

****

في اليوم التالي وعلى منبر المسجد وبعد أبيات حزينة عن السيدة زينب في مصاب كربلاء تحدث الملا داود عن خطورة ما حدث يوم أمس في تجمهر مجموعة من نساء الفريج تتقدمهن ام الملا محمد، فهذا خروج عن ولاية سيدهن الرجل، كيف يذهبن للإمارة ثم صرخوا زينباه كيف تدخلين على الامارة

في مجلس الامير وا حسيناه، ها هي ام الملا تعيد الحزن من جديد، هل يرضيكم يا رجال!!!؟؟،

وا مصيبتاه .

نزل الملا دواد من منبره والحزن مطبق على الجالسين، تنهد أبو عبدالرحيم وقال واخزياه وهو يفز من مكانه قائلا، لا بد ان تؤدب ام الملا، وإلا سيتمردن نساء الفريج علينا، علق جاسم وقال آنا مالي دخل لا زوجة ولا أم، بينما الشيخ احمد غادر المسجد وتعلوه سحابة غضب سوداء تكاد ترعد من شدة سوادها.

وصل الشيخ احمد لمنزل الملا محمد فأدخله في مجلسه وهو يحاول تهدئة غضب الشيخ بأن قدم له كاساً من الشربت البارد، شرب الشيخ بعد أن سمى باسم الله وحمده.

هدرت سحابة الغضب وأرعدت سماء في الشيخ، وقال يا ملا نساؤنا لا يدخلن مجلس الامراء والحكام، نساؤنا خدرهن في بيوتهن، كيف تخرج والدتكم المصونة لتؤدي عزاء الامير لا صار ولا استوى من قبل، أراد الملا أن يرد على الشيخ لكنه لم يمهله، وقال له يجب أن تؤدب امام نسوة الفريج، اعترض

الملا محمد على جملة الشيخ وقال إنه واجب إسلامي ولا داعي لهذه الفوضى، لا تطاوعون الملا داود.

خرج الشيخ آسفا لما حصل، حيران ماذا يفعل تجاه ذلك، أثناء سيره مر خلف المسجد واطئاً براحة المسجد برجله اليمنى فسمع صوت أقدام تسرع الخطى رفع بصره شاهد الملا داود يسير خلف زوجته ما سكاً بيده اليمنى بقشتها وبيده اليسرى أغراضها مخاطبة إياه يادويد يالا بسرعة خلنه نروح بيت أهليه.

تجمدت قدماه برهة من الزمن وحرك قدماه نحو باب المسجد لعل الله يتوب عليه مما قاله في حق نسوة الفريج.

دروازة الخباز

سأل أبو حسين بائع الخضروات بكم الكوسا قبل ان يجيبه سأله عن الباذنجان وهل هو أحسن من الذي أخذه منه الخميس الماضي، أشترى أبو حسين مجموعة من الخضروات والفواكه لبيته أشار للحمالي بعربته ان يحمل عنه تلك الأغراض، بعد تحميل كامل الاغراض تحركا من سوق الخضرة والذي يقع عند دروازة الخباز متجهين للفريج، دخل الفريج من جهة ساباط السماعيل، وصل لبيته والواقع عند حسينية البن قرين أنزل الأغراض واعطى الحمالي ريالين أجرته المعتادة، هل عليهم شهر رمضان الكريم وبدأ أهل الفريج باستقباله بفتح منازلهم لقراءة القرآن الكريم وبعض الأدعية الخاصة بالشهر الكريم مثل دعاء الافتتاح، أبو حسين قارئ للقرآن بالشهر الكريم فهو من الذين يدرسون القرآن في البيوت بأجر مالي يأخذ نهاية الشهر، بدأ أبو حسين يذهب للمجالس التي اتفق معها من بيت عبد الرسول إلى بيت حمد حسين إلى آخرين من بيوت الفريج يقرأ القرآن بصوت شجي وخشوع في الدعاء.

47

أثناء سيره لأحد المجالس صادف حمد صالح وهو ذاهب للحسينية وسأله عن الشيخ محمد هل تم إطلاق سراحه من المعتقل، فرد حمد صالح بحزن لا، بل منعوا اهله من زيارته، فرد أبو حسين هداه الله فالشيخ محمد لا زال يناطح الحكومة فهو يريد ان يقلب الحكم، شعليه منهم أهم شيء يأكل ويشرب مثل قطوة أم سليمان فقد عاشت في نعيم ام سليمان رابطتها بحبل وتوكلها وتشربها.

رد حمد صالح مؤيداً كلام بو حسين فقد قال له العمدة السيد أبو جواد لا تتدخل في أمر الحكومة بس هو ما يطاوع إلا نفسه، لو يبيع خضرة عند دروازة الخباز كان اصلح له.

البورقه

لمح الملا عبد الزهرة بطرف عينية امرأة سحرته بجمالها الأخاذ مرت بسرعة من جانبه عند خروجه من البورقه ولكنها ألقت بوشيتها على وجهها بسرعة خاطفة، اشتعل قلبه عشقاً وولهاً لكنه رمى قلبه تحت قدميه لخوفه من الله وشدة عقابه يوم الحساب.

عند المساء أغلق دكانه الذي يبيع فيه الأرزاق من ارز حساوي وقهوة يمنية واجود انواع الهيل وانواع أخرى لأغراض المعيشة. ذهب للصلاة خلف الشيخ عطية والذي يعتمد على الملا عبد الزهرة في حمل حقيبة الدفاتر المتعلقة بعقود الزواج والطلاق فهو الذي يأخذ الوكالات الشرعية عن الآخرين.

بعد أن فرغ من مهمته مع الشيخ ذهب لقراءة المولد النبوي الشريف في بيت الحاج فاضل بن عباس فقد اعتاد الحاج أن يفتح مجلسه لقراءة المواليد والوفايات لأئمة اهل بيت النبوة عليهم السلام، حضر الجيران وآخرين من الفريج ليشاركوا الحاج فاضل فرحته بتلك المناسبة الجليلة.

بدأ صوت الملا عبد الزهرة يعلوا في الأجواء بمديح اهل بيت النبوة، وكأنه يريد بصوته العالي أن يصل نهاية الفريج أو بالقرب من البورقه حيث اشتعل القلب عشقاً وولهاً.

تذكر زوجته أم عبدالحكيم فجال في خاطره ان يقرا لها الفاتحة غدا عند قبرها.

بدأ ابنه عبدالحكيم يشعر بألم ووحدة والده بعد وفاة والدته رحمها الله، فهمس في إذن والده بأن يخطب له بنت الحلال التي تؤنسه في وحدته وتجدد له شبابه.

تذكر تلك الفاتنة وسأل الله أن يرزقه بها.

تم خطبة أرملة صديق والدهم لعل الله يطرح فيها البركة وتجدد شباب والدهم.

تم ترتيب زفة العرس فصار كأنه معرس لأول مرة يدخل عش الزوجية، رتبت النساء (القدنة)، دخل على زوجته الجديدة وفتح عينيه على جمال لم يره في هذا الكون إنها التي أشعلت قلبه عند مرورها بالبورقه، سجد لله شاكراً لأنعمه.

بعد شهرين طلق الملا عبد الزهرة زوجته وسط دهشة أبناءه فقال لهم بصوت ملؤه الحزن والألم لا يصلح العطار ما أفسده الدهر.

القدنة : غرفة الزواج

سكة الحجي

طرقت فاطمة بيت ام علي بقوة أجلستها من نوم عميق تحلم فيه بسيد اولياء الله قد جاء هذا اليوم، لبست ملفعها التي تستتر به فتحت الباب وجدت فاطمة هلعة قائلة لها بسرعة فبنتي هدى ستلد تعالي بسرعة لتوليدها انت بيديك التي عليها البركة يمكن تولد ولد بعد تسع بنات، دخلت بسرعة اخذت بقشتها التي كأنها بقشة الملك زعفران ملك الجن من ضخامتها واغراضها المتنوعة التي بها لأغراض الولادة، وصلتا لبيت فاطمة دخلت بسرعة نحو بنتها واحضرت معها ماء ساخن، صرخت هدى بصوت عال من شدة الألم وتنادي ياعلي يا علي يا أبا الحسن يا ام البنين وينكم تعالوا أرحموني، بدأت ام علي لتحضير ادوات الولادة وهيأت فاطمة لابنتها فوطة لتعظ عليها بأسنها من شدة الألم أدخلت أم علي يديها من تحت هدى واستخرجت طفلا ذكراً أسمر اللون كما هي جدته فاطمة، هلل الجميع وقالت فاطمة جدته إنه ولي الله في أرضه بدل التسع بنات الحمد لله فقد رضي الله عنك يا هدى ورزقك ابنا ذكراً ليخرس السن حمياتك الي يعايرونك كل مرة تولدين بنت،

نظفت ام علي الجروح والدماء السائلة من هدى وربطت الحبل السري بأدواتها وتنهدت بأن الله سهل الولادة لأن المولود ذكر.

بعد يوم من ولادتها سرحت هدى في مصيرها الذي سيكون لو لم تنجب ذكراً فقد هددها زوجها مرتضى إن لم تنجب ولداً سيطلقها ويتزوج واحدة اخرى تنجب له ولداً فقد عايره أبوه بأبو البنات.

كبر ذلك الطفل وبدأ يحبو ويتنقل بين الأمكنة بالبيت، بدأت هدى الطبخ مبكراً في يوم ممطر لكي لا تتأخر على زوجها مرتضى بالغداء، انشغلت بتحضير الغداء وهي تستمع لراديو البحرين وهو يقدم برامجه اليومية، بدأ الطفل يتسلل للخارج بدون ان تشعر به امه او أخواته التسع، بيتهم يقع في سكة الحجي والتي بها عين ماء تسمى باسم السكة، يستخدمها اهل الحي لجلب مياه الشرب، تحرك الطفل تسبقه أمنياته ولعبه الطفولي البريء نحو حتفه المحتوم، بدا يخطو بالقرب من العين شاهدته ام صالح وهي تجلب الماء اسرعت الخطى نحوه لكن سبقها الطفل بنصف خطوة سقط فيها نحو قعر العين، صرخت يا علي يا علي يا بو الحسن، لكن الماء اخذه بعيداً شدت شعرها وصرخت يا علي.

54

براحة زكي

بدأ الحوار ساخناً بين الشيخ محمد والملا جواد حول المدارس الحكومية وبالذات تعليم البنات فيها، كان الشيخ حاداً في موقفه من تعليم البنات داخل المدارس الحكومية بالحرمة كحرمة أكل لحم الكلاب في نهار شهر رمضان داخل المسجد الحرام عند المقام، وهذه الحرمة متأتية من عدة أسباب من أهمها وجود مدرس للقرآن الكريم كفيف البصر يدرسه لبناتنا داخل غرفة الصف بدون وجود محرم بينهم وهذا انكشاف على الرجل الأجنبي لا يرضاه الله ولا رسوله، وأيضا تعليم بناتنا لغة الكفار الانجليز المعادين لله ولرسوله وهذا خروج عن ملة النبي وأهل بيته الكرام، وساق الشيخ براهين كثيرة على حرمة تعليم البنات في هذا الزمن، تنهد وهو يقول ما بقي إلا أن يعملون في شركة الكفار شركة أرانكو التي فلوسها حرام فهي تأتي من أهل الكفر وتذهب لأهل الكفر، فهذا ولدي صادق قد حرمت عليه دخول هذه الشركة النجسة وعلمته قراءة القرآن كفاية عليه فهذا سيدخله الجنة والحمد لله على ذلك، قبل أن ينهي ثورة الغضب التي تفجرت من داخل براكين أعماق

الشيخ لتقذف حممها المسمومة على من حولها التفت السيد احمد وقد كان جالساً في صدر المجلس لنسبه من رسول الله وقال لو في المدارس خير لنفع زكية فها هي تسرح وتمرح جاية من المدرسة ورايحة للمدرسة ما ندري وين تروح وين تجي وآخرتها كشفت وجهها على الرايح والجاي بحجة أن الشرع لا يمنع ذلك كما في البحرين عند أهلها هناك، يا شيخ لا زم تشوف حل لزكية لكي لا تخرب بناتنا ويتعلمون هالخرابيط . حساب وعربي ودين. أحنا عندنا دين والحمد لله ويكملونها ويعلمونها لغة الكفار، الله يستر علينا وعلى بنات المؤمنين والمؤمنات أجمعين، قال كلامه وانسل كأنه حية لدغت فريستها وتنتظر الإجهاز عليها بسرعة خاطفة.

بدأ الشيخ يهدأ قليلا قليلاً وبدا الحديث يكتسيه الهدوء إلى أن تفرق من كان في ذلك المجلس كل ذهب لبيته، أوعز الملا جواد للسيد احمد أن يتريث قليلاً ليخرجا معاً، دار الحوار بين السيد والملا والشيخ في تدبير أمر الخلاص من زكية فكل قد طرح وجهة نظره في حل هذه المعضلة، اتفقوا على حل يريح الجميع في التخلص من زكية وموعد تنفيذه يكون

بعد صلاة الظهر من يوم الجمعة المباركة واتفقوا على تسميته بجمعة الرحيل وذلك لرحيل زكية فيه عن الفريج.

فزكية بنت جميلة والكل يشهد بجمالها ورقتها، دخلت المدرسة الحكومية مبكراً، بدأت زكية تتأثر بأهلها في البحرين بكشف الوجه وبعلمها أن الأحكام الشرعية لا تتنافى مع ما تفعله، ولبهاء جمالها بدأت أعين الرجال تتلصص رؤية وجهها الأخاذ وعيناها الآسرتين التي تخطف القلوب ببريقها اللامع الجميل.

بدأن نسوة الفريج يتذمرن من زكية لخوفهن على أزواجهن من أن تختطف قلوبهم بجمالها وعيناها الآسرتين ويزيدها جمالاً دخولها التعليم الحكومي الذي بدا أثره واضحاً عليها في كلامها ورجاحة عقلها.

فبدأن يحرضن أزواجهن عليها ويختلقن القصص في تشويه سلوكها الأخلاقي، بدأ رجال الفريج وبتحريض من زوجاتهم إيصال ما يسمعونه من سموم تبث على سلوك زكية وأخلاقها إلى الشيخ، سرح الشيخ قليلاً وتحرك نحو اليمين ليلتقط فنجان

القهوة الذي سكبه له جعفر الجالس بجانبه، تنهد الشيخ وكأنه وجد شيئاً فقده منذ عدة قرون، فقد لمعت في ذهنه فكرة للتخلص من زكية وبلبلتها التي سببتها داخل الفريج.

أوعز الشيخ للسيد بأن يوزع حفنات من التمر لأهل الفريج ويزيد في العطاء لبعض الشخصيات المهمة في الفريج على أن يكون ذلك يوم الخميس قبيل المساء والتفت الشيخ متبسماً للسيد وقال له هذا من بركات النخيل الوقف التي عندك يا سيد.

في صباح يوم الجمعة المباركة وكما هي العادة فتح الشيخ مجلسه قبل الصلاة، كان السيد والملا هم أول الحضور ليتفقوا في أمر رحيل زكية، تهامسوا في تفاصيل الخطة وتوزيع الأدوار بينهم، ما أن فرغوا حتى توافدت شخصيات الفريج لمجلس الشيخ مسلمة علية تقبل يده ورأسه كما يقبلون رأس السيد وذلك لقربه من رسول الله صلى الله عليه وآله وسلم، بعد تداول أطراف الحديث من بينها المسائل الشرعية وغيرها من أحوال الفريج نهض الشيخ معلنا الاستعداد للتوجه للمسجد للصلاة.

تعطر الجميع ولبس أجمل ما عنده وذهب جميع أهل
الفريج للصلاة، في أثناء خطبته ذكر الشيخ الفتن
التي تصيب الأمة في آخر الزمان، واسترسل ذاكرا
مجموعة من الفتن التي حذر منها نبي الرحمة، إلى
أن توقف برهة من الزمن وقال وها هي فتنة أصابت
أهل هذا الفريج الطاهر والمبارك والذي خصه الله
بخصائص لم يخص بها احد من الفرجان الأخرى
منها وجود الراية المباركة في بيت الطيبين تتولاها
السيدة الفاضلة أم حمد، ألا إن فتنة دخول بنات
الفريج للمدارس لهي أول شرار الفتن التي إن لم
تطفأ من بدايتها ستشتعل ناراً وقودها بنات الفريج
أعاذنا الله من تلك الفتن، ففي تلك المدارس يوجد
رجل كفيف البصر يقوم بتعليم بناتنا القرآن الكريم
فكيف نرضى لبناتنا أن ينكشفن على رجل ولو كان
كفيف البصر فالأحاديث النبوية تحرم ذلك، وذكر
الشيخ مجموعة من الأحاديث التي تحرم هذه الفتن
وذكر أيضاً أن خير للمرأة أن لا ترى الرجال ولا
الرجال يراها، فالمرأة جوهرة مصونة مكنونة لا
يجب أن تخرج من البيت إلا إلى بيت زوجها وإلى
قبرها.

ثم صرخ الشيخ بأعلى صوته ألا لعنة الله على فاعلتها، ألا لعنة الله على فا علتها.

رفع الجميع أيديهم بالدعاء والتأمين على ما قاله الشيخ، وفي تلك الأجواء المشحونة والمتشنجة قام الملا جواد وقال يا شيخ هذه زكية دخلت المدارس وكشفت وجهها للأجانب، صرخ الشيخ كأنه بركان ثائر ألا لعنة الله على زكية، بدأت الأصوات ترتفع بطرد زكية من الفريج، نادى الشيخ بأعلى صوته صلوا على محمد، فارتفعت أصواتهم بالصلوات، أردف الشيخ قائلاً اليوم بعد العصر نلتقي في براحة زكية بالقرب من بيت أبو زكية ونطلب منه الرحيل إلى خارج الفريج لكي لا تزداد الفتنة داخل الفريج ولعن الله من أيقض الفتنة النائمة، من الصف الأمامي للمصلين رد أبو منصور وبصوت مرتفع هذا الذي أخذناه من بنات المدارس.

بعد عصر يوم الجمعة بدأت جموع أهل الفريج تتوافد عند براحة زكي مقابل بيت أبو زكية، خرج أبو زكية متكئ على عصاته لعدم قدرته على المشي لبلوغه من الكبر عتياً خرج صوته مرتعشاً كأنه السعفة عند هبوب العاصفة يسأل عن سر هذه الفوضى أمام بيته، تقدم الملا جواد نحوه ببطء

وهمس في أذنه ببضع كلمات أحنى بعدها أبو زكية رأسه ثم رفعها نحو الجموع الغاضبة مرة أخرى نظر للملا بألم مكسوراً حزيناً، تحرك الشيخ رافعاً يده لأهل الفريج المشتعلين غضباً والمطالبين برحيل زكية من الفريج، حمد الله وأثنى عليه وصلى على نبيه الكريم وأهل بيته الطيبين، هدأ الجميع ليستمعوا لكلامه، وجه خطابه لأبو زكية إما أن تخرج ابنتك من المدرسة وتجعلها تغطي وجهها عن الرجال أو ترحل عن الفريج، أجاب أبو زكية بصوت مرتعش، طلب العلم من المهد إلى اللحد كما امرنا به النبي صلواته الله وسلامه عليه يا شيخ، وأما كشف الوجه فلا إشكال شرعي فيه على رأي بعض الفقهاء فلقد سألت المشايخ في ذلك فأخبروني بجواز كشف الوجه.

رد السيد أحمد بصوت عال ارحل إذا عن هذا الفريج الطاهر يا أبو زكية، ردد أبو زكية لا حول ولا قوة إلا بالله العلي العظيم أين أذهب فلا حول لي ولا قوة، غمزه الملا جواد بطرف عينه اليمنى ففهم أبو زكية ما أراده الملا منه.

ووافق على الرحيل على أن يمهلونه لآخر الليل يتدبر تجهيز نقل أغراضه .

هتف الجميع بالصلاة على محمد وآل محمد لتحقق مطالبهم برحيل زكية وأبوها عن الفريج، واخذوا ينادون ارحل ارحل يا بوزكية.

في وقت متأخر من المساء جاءت سيارة من قبل الملا جواد لتنقل أغراضهم إلى مكان لم تعلم به زكية إلى أن سالت والدها إلى أين سنذهب أجابها والحزن يهد كاهله إلى بيت زوجك المرتقب هذه الليلة.

صعقت من دهشتها لكلام والدها الذي رمقها بحزن وقال لها يا بنيتي أنا وين والملا جواد وين، فالشيخ سيعقد قرانك عليه وستسكنين في مزرعة السيد أحمد الذي أعطاها إياه الملا وقف بمباركة الشيخ، تنهدت زكية ألماً وخرجت زفرات تحرق العشب الخضر في مروجه من الحسرة، ولكن تبقى هي امرأة لا حول ولا قوة لها واستسلمت لقدرها المحتوم الذي يقوده الرجل.

ركبت زكية مع أبيها السيارة مغادرة الفريج ومودعة براحة زكي وكأن شريط الذكريات يمر أمامها بسرعة خاطفة متذكرة عند طرف البراحة تنور أم رشيد منتظرة شراء الخبر الأحمر المعمول من التمر وبحرارة حطب النخيل، مر بخاطرها لعبها

البريء مع صالح ولد جاسم وأخته مريم ...آه قالتها بحسرة وألم، سقطت دمعة ساخنة على خديها أذابت تلك الذكريات الجميلة.

في منتصف اليوم التالي مر الشيخ على منزل الملا يسأل عنه، أتاه الجواب من داخل المنزل، الملا مسافر للعراق وسيأتي بعد شهر، تبسم الشيخ متنهداً بصوت خفيض، يا حظك يا ملا بالبنت زكية، ثم غادر إلى محراب عبادته بالمسجد سائلاً الله العلي القدير بأن يحفظ هذا الفريج وأهله من فتن آخر الزمان.

المحارف

كان خارجاً من بيته متجهاً خارج الفريج من جهة المحارف، فسعيد رجل غاضب ودائم الثورة على من حوله، يدخن بشراهة وكانه يريد ان يلتهم سيجارته من حلاوتها متخيلها فتاة ذات العشرين ربيعاً، مشى بخطوات مسرعة متأبطا بشته وكأنه سيلاقي جلالة الملك المفدى في عرش حكمه.

أقلقه قلة ذات اليد فهو يريد السفر للعراق لديار الحبايب ولزيارة أبى عبدالله الحسين بكربلاء، نفث الدخان من منخريه وكانه مدخنة موتر جمس السبعين فكر بأم أمين ليستدين منها مبلغاً من المال ليسدده بعد عودته من العراق ديار الأحباب.

طرق بيت أم أمين وشكا لها الحال، قالت له عندك صك البيت رد بسرعة أحضرته معي وهذه الورقة التي بصمت عليها لتوثق الدين بيني وبينك، اخذت ام أمين صك البيت مع الورقة الأخرى ودخلت داخل البيت واحضرت عشرة آلاف ريال ونبهته كما يقول الشرع الهدية ما تنرد وانت بتهديني الفين على العشرة آلاف ريال التي بتأخاذها مني، وافق على

65

مضض ولكن شوق الحبايب يحركه ويأمره بالقبول بدون تواني.

إنها بركة فك عسرة المعسور قالت ذلك أم أمين وهي تتوضأ لصلاة المغرب بعد ان قدمت من مجلس عزاء الأمام الحسين في بيت السادة.

دروازة الخميس

حزم دخيل أمتعته واودعها صندوق مصنوع من
الصفيح مخصص للسفر، خرج من بيته متجهاً نحو
دروازة الخميس ليصل لستيشن التكاسي، ما ان
وطأت قدماه الستيشن إلا وتجمهر حوله سائقي
التكاسي كل ينادي ان يوصله، ناداه شخص بجواره
هل تريد الذهاب للرياض وصرخ آخر الدمام الدمام،
بينما هو كذلك يجول ببصره لعله يرى الشخص الذي
أتى لأجله همس بالقرب من أذن شخص ذو شارب
عريض وأسنان صفراء وقد وضع غترته على كتفه
الأيسر وطاقيته مائلة جهة اليمين خارجاً منها شعره
المتناثر بشكل عشوائي وكانه يريد ان يطير من شدة
الغضب وقال له هل تريد أن تذهب للظهران فقد بقي
شخص واحد ونغادر، أدار ظهر له وذهب يبحث عن
ياسين قريبه الذي يعمل بالتاكسي ليوصله للخبر،
تلفت يمنة ويسرة وجده جالساً عند مقهى الستيشن
متكئاً على جنبه الأيمن ممسكاً بأطراف أصابعه
خرطوش التعميرة واضعاً رأس الخرطوش بين
شفتيه الغليظتين كأنه يقبل حبيبة عمره من بلاد الشام
نافثاً الدخان من منخريه، ناداه بصوت مرتفع فلم

يلتفت إليه فقد كان مندمجاً مع الأغنية اليمنية والتي يصدرها مسجل صاحب المقهى، دنى منه وقال يا ياسين هل توصلني للخبر، رفع رأسه منزعجاً ناظراً من اطراف انفه للذي أخرجه من مزاجه الرايق نافثاً سحابة من الدخان وتبعها بسعلة خفيفة، تنحنح قليلاً وقال له تعال من خلف المقهى لكي لا يراني أصحاب التكاسي المنتظرين في الطابور.

سحب صندوقه متثاقلاً إلى أن وصل لنهاية المقهى ودار خلفه فوجد ياسين ينتظره فاتحاً شنطة السيارة ليضع فيها اغراض دخيل، ركب بجاب ياسين الذي أخبره بدفع كامل اجرة السيارة لأنه وحده بدون ركاب آخرين يشاركونه الأجرة، هزء دخيل راسه بالموافقة.

انطلقت السيارة وبدأ ياسين يدير المسجلة ليرتفع صوت الفنان عيسى الأحسائي مغنياً حان وقت السفر والعين عيت تنام، تناغم صوت الأحسائي مع هموم دخيل الذي بدأ يتفحص الصور الملصقة في باب التاكسي من الداخل ليجد صورة برلنتي عبدالحميد بصدرها الناهد ملصقة بشكل مائل وبجانبها صور اخرى لمغنيات وممثلات جميلات وضعها ياسين لينسى هم الحياة والطريق الطويل.

تدلى من خلف المرايا الأمامية قلادة ومسبحة كبيرة وضعت بشكل ملفت للنظر.

بعد ثلاث ساعات وصل التاكسي للخبر فأخبره دخيل أنه يريد فرضة الخبر ليسافر باللنجة إلى البحرين لأنها الوسيلة الوحيدة للوصول للبحرين طبعاً الطيارة ام أحمد يخاف أن تحترق عليه في الجو وهي طائرة.

قبل ان ينزل دخيل سأله ياسين لماذا تريد أن تذهب للبحرين هل عندك عمل هناك، اجابه دخيل لعلي أجد نفسي الضائعة لعلها ذهبت لديار الغربة.

أنزل صندوقه من شنطة السيارة وأعطاه الأجرة وغادر غير ملتفت للخلف وكان صوت عيسى الأحسائي منطلقا ينادي من مسجلة التاكسي

يا رايح الحسا بلغ سلامي إلى حبيب القلب وجيب منه الأخبار

الشارع الملكي

قبل ان تشرق الشمس وتلقي بأشعتها على سكك الفريج خرج إبراهيم من البيت بعد ان اعطاه والده ريالين لشراء خبز من فرن أبو صفوان الذي افتتحه مؤخراً في احد زوايا الجهة المقابلة للفريج من المحارف.

وصل عند الفرن فوجده مكتظا بالزبائن من شباب الفريج والفرجان المجاورة، أخذ دوره كالآخرين ممعناً النظر داخل ذلك الفرن الحديث بآلاته دائبة الحركة وكأنها يد أم رشيد عندما تعجن العجين بالمخبز العربي، تسابقت لأنفه رائحة الخبز المنتفخ بالهواء الساخن.

تحدث مع عيسى الواقف أمامه ودارت بينهما الأحاديث عن زيارة جلالة الملك المفدى للمنطقة، وأن موكبه سيمر عبر دروازة الخميس ولذا قد بدأ المسؤولين بتزيين الدروازة والشارع المؤدي لها ووضع لافتات ترحيبية بصاحب الجلالة المعظم.

في المساء ومع هبوب رياح مغبرة مر الموكب الملكي وسط حضور كثيف من الشرطة والمسؤولين والتجار ورجال العمال والشيوخ مرحبين بجلالته.

في أثناء سيره السريع فتح صاحب الجلالة المعظم نافذة السيارة الملكية السوداء ليطل عليهم بطلعته البهية رافعاً يده اليمنى والتي يزينها خاتم فظي لامع ذو فص أسود من جبال الرحمات باليمن السعيد، ناداهم بالترحيب الملكي ومن ثم وهبهم هبة الملوك المعظمة حيث أشار للمسؤول الذي بجانبه بأنه تعطف على اهل المنطقة، فالشارع الذي وطأته سيارته الملكية بان يحظى بمسمى يليق به وهو الشارع الملكي لتتنعم الفرجان المحيطة بالشارع ببركات صاحب الفخامة جلالته المعظم.

صفق جميع الحاضرين من المسؤولين ورجالات الفريج ومن خلفهم صفق تصفيقاً حاراً أعجب الجميع إنه عبود الدبة ذو الشارب الكثيف والثوب المهترئ والطاقية التي يضعها للخلف دائماً أشار للملك ملوحاً بيديه لعله يحظى ببعض التشريفات والبركات فيصبح عبود الدبة الملكي.

الخــر

خرج عباس من منزله الواقع عند مدخل الخر بالفريج الشمالي، بدأت حبات المطر تتساقط على وجنتيه المشدودتين للداخل من شدة نحول وجهه الاسمر والذي احرقته الشمس لعمله المضنى في اعمال متنوعة من بناء ومراقبة الحمير لتصدير المياه لسقي النخيل والمزروعات الأخرى وغيرها من الأعمال الشاقة والتي ارهقته كثيراً، بدأ ينزل من الخر والمطر المتساقط يشكل شلالاً من المياه المنحدرة تحت رجليه والمتجهة خارج الفريج ليخر الماء خراً للخارج منحدراً من داخل الفريج لخارجه.

رحب الحاج صالح بعباس التائه الفكر بين العمل الشاق وطلبات حبيبته وزوجته رحمة الفاتنة ذات العيون الخضراء والصوت الناعم العذب والتي لا يرد لها طلباً حتى لو اضطره للاستدانة من ميسوري الحال بالفريج، رد عباس التحية ببرود غير آبه لما يقوم به الحاج صالح من إزاحة التراب عن طريق المياه المنحدرة والمتجهة للخارج مشكلة بالتفافها حية متراقصة على مزامير الريف الهندي.

بعدما تعب عباس من اللف والدوران في سكك الفريج متجولاً من براحة زكي إلى براحة السيد ماراً بالبورقة ثم ماداً يده للسلام على السيد أبو هاشم وهو جالس على دكة بيته، أتجه بعدها لحبيبته والتي استقبلته بابتسامتها ورقة كلماتها متسائلة بلهفة الحبيبة لقد تأخرت يا نظر عيني، انتظرتك لأسولف لك عن عبدالله ولد فضة، استلقى على الأرض ممداً رجليه ولم يلقي لأمر عبدالله ولد فضة، ولكنها استرسلت بكلامها وصوتها العذب وقالت إنه قد سجل اسمه في مكتب شركة أرانكو الموجود بنهاية الخر عند سوق السمك الشبرة، وقالت ام عبدالله ان الشركة حاطه لها صندقة من الخشب وقاعدين بداخلها عشان يسجلون الي يبغي يشتغل عندهم، ويقولون الحريم ترى فلوس أرانكو واجد وفيها خير، ولكن الشيخ أبو أحمد يقول فلوسهم ما فيها خير لأنها من الأمريكان النصارى، بس احنا ما علينا منهم أحنا نبغي نعيش مثلنا مثل غيرنا، وحتى الشيخ من فلوس القراية عنده بيت ومزرعة وثلاث حريم، قالت هذه الكلمات وسرح فكرها بعيداً ثم سادت لحظات من الصمت بددها عباس بسؤالها عن فلوس أرانكو يقولون صحيح فلوسها كثيرة بس تعبها كبير وحنا قد التعب ونهض مسرعاً واضعاً غترته على كتفه

من السرعة متجها عند فتحة الخر، وما ان وصل للخر حتى شاهد طوابير من شباب الفريج متسمرين عند صندقة خشبية يحرسها شرطي وبجانبه شخص آخر مرتدياً بدله آخذاً بترتيب المنتظرين بالطابور رفع بصره لأعلى الصندقة ليجد لوحة خشبية مخطوط عليها بخط جميل شركة أرانكو وممهور عليها شعار الشركة .

أخذ مكانه مع شباب الفريج وكان قبله جعفر ولد ملا صالح، وصله الدور وسلم اوراقه للمسؤول هناك، اخبره المسؤول بالقدوم في الصباح الباكر من يوم غد ليركب في سيارة الشركة، ثم أردف قائلاً لا تتأخر، سلم مودعاً ومؤكداً بالحضور باكراً.

دلف باب بيته بقوة من الفرح وصرخ رحمة يا عمري لقد قبلوني في العمل بالشركة ومن صباحية رب العباد بكرة رايح لهم، قبلته رحمة في شفتيه فأشعلت قلبه حباً وحماساً وقالت له أبغي اول ما تستلم معاشك من الشركة تشتري معضد ذهب فلبى لها النداء وقال لها من عيوني يا بعد قلبي.

منذ أن أذن المؤذن لصلاة الصبح وعباس قد تهيا للذهاب لمكتب الشركة بالخر، وصل فوجد السيارة

اللوري تنتظره فركب مع شباب الفريج، ادار السائق محرك السيارة آذناً ببدء المسير نحو الحياة الجديدة، الطريق غير مستو ومتعرج فبقيق مقر العمل بعيدة نسبيا عن الفريج .

بدأت الشمس تنتصف في كبد السماء وترفرف على رؤوسهم لتلهبهم بحرارتها ولكنهم يحدوهم الامل في رفاهية من العيش براتب الشركة المغري.

مسجد الغراريش

وصل الشيخ أبو أحمد للمسجد قبل المصلين كما هي عادته جالساً في الخلف مرتدياً بشته واضعاً إياه على رأسه يتعبد الله كانه نبي في محرابه.

ركض عباس مسرعاً لباب المسجد هارباً من العمدة الملا أبو محمد وكانه يهرب من ملك الموت لأرواح العباد.

تذكر عباس ما عمله في بقيق بشركة أرانكو من مطالبات وعمل مظاهرات للمطالبة بحقه وحق العمال الآخرين في أن يسكنوا في بيوت للبشر وليست للجرذان أو دواب الأرض، فالسكن عبارة عن صندقة خشبية سقفها من سعف النخيل لا ترد عنهم شمساً قائضة ولا برداً قارساً، بينما الأجانب ينعمون بملذات جنان الأرض والسماء، كأنهم ابناء الله في عرش ملكوته، بيوت حديثة ومكيفة وماء بارد ينعش النفوس العطشى وأشجار جميلة تتمايل مع حركة هواء الصيف كأنها غانية في مراقص القَرن دول بالبحرين.

انتبه لصوت الشيخ مرحبا به قائلا ما بالك يا ولدي تلهث مسرعاً فأنت في بيت من بيوت الله جبار السموات والأرض، قال له إن العمدة الملا أبو محمد يريد أن يسلمني للحكومة، فرد عليه الشيخ إن العمدة رجل دولة ويعمل ما هو في صالح البلاد والعباد.

فإن كنت مذنباً فلا بد من أن تأخذ عقابك، لا تخف العمدة الملا أبو محمد سيساعدك ويتشفع لدى الحكومة لأجلك.

وصل العمدة ومعه رجلان، امسكا بأطراف ثياب عباس واخذوه معهم كأنه الشاة تساق لمذبحها قرباناً لرب السموات والأرض.

بعد عدة اشهر تلقى أهل عباس خبراً بالإفراج عن ابنهم، فذهبوا إلى المسؤولين ليتسلموا ابنهم وقدموا شكرهم وامتنانهم للحكومة على هذا العطف بالناس وحرصهم الدائم لأمن هذه البلاد والعباد وقد كان في مقدمة الوفد العمدة الملا أبو محمد والشيخ أبو أحمد والشيخ عطية وعبدالحميد تاجر الاقمشة المعروف بالفريج.

صعقت رحمة بوفاة زوجها بعد خروجه بأقل من اسبوع لتعرضه لحمى شديدة آلمته كثيراً لم يستطع

مقاومتها، بكته بكاءاً حاراً أفقد عيناها بريقهما الآخذ، ودأبت بعد رحيله برفع يديها المزينتين بأساور الذهب تدعوا الله برحمته وحسن ابتلاؤه لها، فكل ذلك يقربها من جنان السماوات ورحمة الرحمن كما اخبرها الشيخ أبو أحمد بذلك.

رأى ابو عندن مغسل الموتى آثاراً على جسد عباس فأخبر العمدة وهو راكب سيارته الحكومية من نوع أبو رفسه ذات اللون الأسود الملكي، راداً عليه بقسوة غسل الميت واستر على عباد الله .

في اثناء تحرك السيارة لمح بو عندن شبح عباءة سوداء داخل السيارة فأستعاذ الله من هذه الاوهام .

ابتعدت السيارة مبتعدة عن المقبرة متجه نحو النخيل الباسقات.

الدريويزه

عند الزاوية اليمنى من الدريويزه بالقرب من بيت ام عيد وضع خليفة قدر البليلة على سحارة من الخشب ووضع بجانبه إناء به ماء وملاعق وصحون فارغة، خليفة من الأطفال الطموحين ويشطح بخياله عالياً جداً، فهو طفل به سمرة ذات جمال أخاذ وانف طويل كحد السيف العربي، ففي ليالي رمضان وعندما يحل المساء يبدأ ببيع البليلة لأهل الفريج وللمارة الذين يعبرون الفريج للذهاب للقصرية للتسوق لأجل عيد الفطر المبارك .

وقف منادياً بصوت طفولي البليلة البليلة، مرت بجواره امرأة ورجل يبدوان من خارج الفريج ذاهبين للقيصرية سألوه بكم البليلة رد عليهم مبتسماً الصحن بنصف ريال، مد الرجل يده بريال وقال عطني صحنين بدون شطه، سألته المرأة هل انت مرتاح هنا رد بسرعة الحمد لله على كل حال، تساءل الرجل يا ترى ما هو طموحك عندما تكبر ما ذا تريد ان تصبح في المستقبل، رد بغضب سأتعلم وأصبح وزير أو حتى ملك، تبسمت المرأة وقال الرجل الحمد لله ما

في احد مر من المباحث، رد الولد بصوت اعلى سأصبح وزيرا او ملكاً لبلاد البليلة والباجلة.

ضحك الرجل والمرأة معه بصوت منخفض ومضيا في دربها تاركين خليفة وطموحاته التي تتعلق بأهداب السماء لعل رب العباد يجيب.

شارع المدير

كان ملتحفاً ببشته الاسود يستمع لأخبار الحرب الدائرة في الدول المجاورة، سأله سلمان عن اوضاع الحرب فبسرعة البرق رد صالح قد دخل الجيش مناطق آمنة ودمرها ورش اهلها بالكيمياوي فلا حول ولا قوة إلا بالله العظيم وينتقم من هؤلاء الظلمة.

نهض صالح ليغادر الحسينية الكبيرة ذاهباً لشارع المدير واصطحب معه سلمان ليؤنسه في الطريق.

وصلا شارع المدير المكتظ بالباعة على جوانب الطريق فكل قد وضع اسطواناته الغنائية لبيعها، سمع سلمان أحد الباعة يدير أسطوانة لطاهر علي الأحسائي وهو يطرب قال الجنوبي آه يا حسرتي ويلاه حبيبي وين القاه يلي تعرفونه، واسطوانة اخرى مرمية على الجنب اليمين مسجل عليها أغنية ظبي من الرفعة .

بينما صالح وقف عند بائع قد وضع اغنية عراقية للمغنية زهور حسين والتي تقول فيها أخاف احتشي وعليه الناس يقولون.

83

سأل صالح هل عندك لـ داخل حسن أغنية أنا غريب بها البلد رد البائع وهو يناوله الاسطوانة هذا الي تبغي، أخذها صالح واعطاه المبلغ ليجد سلمان قد اشترى اسطوانة لـ عيسى الأحسائي والتي فيها اغنية :

امس الخميس من صباح الله خير ... زوجة رجل تاجر مع زوجة فقير

تهاوشن وصار شين ما يصير ... يا لله دخيلك من مشاكل ذا الحريم

سمعت لجتهم وانا وسط الفراش ... ورحنا علي الهوشات نتفرج بلاش

وان كان شفت ان راح يجمعنا الهواش ... لا والله ابعد وش ابي في سين جيم

في أثناء سيرهم لدخول الفريج من جهة ساباط القريني شاهدوا الشاب حسين مسرعاً داخلاً الساباط وفي الخلف رجال الشرطة يطاردونه، سأل صالح أحد الجالسين ما الأمر، قال له لقد عمل حسين مع مجموعة من شباب الفريج يتقدمهم الشيخ أبو موسى

مظاهرات مطالبين بحقوقهم في هذا البلد، وانت تعرف الحرب الدائرة في الجوار وسخونة الأجواء التي هي أشد من لواهيب جهنم والحكومة لا تريد أي فوضى من أي نوع.

في المساء جلس السيد أبو جواد في مجلسه متداولاً الأحداث الجارية، واخبر الجالسين والذي كان منهم الشيخ عطية بأن الحكومة أمرته بتسليم الفوضويين من شباب الفريج للحكومة فالحكومة ابخص، فرد الشيخ عطية رافعاً بصره للسماء هذا شغلك وانت اعرف به.

تنهد الجميع محولقين ورفعوا اصواتهم بالدعاء لولاة الأمر في هذا البلد وان يحمي هذه البلاد من المخربين، أمن الشيخ والعمدة لدعاء الجالسين.

نهض الشيخ تسبقه عصاه ذات التسيعين ربيعاً وغادر المجلس وهو يتمتم بالصلاة على محمد وآله الطيبين.

سكة القفاص

اهتزت الراية بيد السَيدة أم حمد وأدارتها حول نعيمة كما تدور الأرض حول الشمس، نعيمة التي أصابتها آلام في بطنها منذ عدة اشهر، بدأت أم حمد تتلو عليها تراتيل النخوة بأم البنين كما يرتل الكاهن صلواته، نفذ الاسترخاء إلى نعيمة قليلاً وغفت غفوتها الهادئة كما نسمات الربيع انتبهت بعدها لترتفع الصلوات على النبي محمد وآله من عموم الحاضرات ومن شفاه نعيمة قبلهم لتنادي نعيمة بصوت مرتعش يشوبه الخوف والاطمئنان في آن واحد "لقد رأيتها مولاتي في المنام ومسحت على بطني كما تمسح الأم على طفلها الصغير، وأنا الآن لا أشعر بأية آلام والحمد لله، هلل الجميع وكبر، مدت أم نعيمة يدها للسيدة أم حمد لتعطيها ما قدرها الله عليه من مبالغ مالية وفرتها من جيوب الزمان لتلك الأيام الحالكة.

عندها أجالت السيدة أم حمد ببصرها للسماء وقالت سلام الله عليك يا أبا عبدا لله الحسين أنت الخير والبركة علينا.

عندئذ سألتها نعيمة من أين هذه الراية المباركة التي تتسربل بأثواب البهاء كأنها الكعبة في بيتها، أجابتها السيدة أم حمد بعقيدة راسخة لا تزلزلها الجبال إن تلك الراية أتت بعد واقعة الطف بكربلاء المقدسة في زمن الحسين عليه السلام، وهن أربع رايات مباركات تطايرن بقدرة الله في سماء هذا الكون الفسيح حاملات قدور على رؤوسهن لتوزيع البركة على المؤمنين، نزلت إحدى هذه الرايات على بيوتنا وذلك فضل من الله وأهل بيت النبوة شرفنا به دونا غيرنا من عباده لحكمة يريدها سبحانه.

وعقبت السيدة أم حمد واصفة تلك الراية المباركة وشارحة أوصافها للبنت نعيمها وكأنها تشرح سر من أسرار العرش الإلهي، فقالت إن الراية عبارة عن عمود من الخشب له قمة مربوط بها أقمشة خضراء وأخرى حمراء وألوان متنوعة وخلاخيل تصدر بها أصوات الرحمة الإلهية، ويثبت هذا العمود على الأرض بقاعدة تثبته جيداً، وتدار الراية على صاحب الحاجة وتطلب النخوة على حسب الحاجة المراد تلبيتها، ويستجيب الله تعالى بفضل صاحبة النخوة التي نخي بها سواء أم البنين أو العباس وحتى الحسين سلام الله عليهم أجمعين.

صلوات على محمد وآل محمد هتفت جميع النسوة الحاضرات في تلك الحسينية النسائية.

تفرقن النسوة بعد تلك الحفلة المباركة .

خرجت نعيمة والتي لم تتجاوز الحادية عشر من عمرها تتقافز يمنة ويسرة، شاهدت في سكة الحي قريبتها فضية التي كانت تلهو بالتراب مع أقرانها من الصبية في تلك السكة، تدلى من أنف فضية مخاط اخضر كلون ورق اللوز مسحته بيدها وحركت فروه رأسها الخشن وكأنه زنبركات سيارة عراوي موديل سبعين، نادتها نعيمة ودخلت المنزل ليتبادلن أحاديث البراءة الطفولية ويرتبن لعبه التي عملهن بقماش أثواب قديمة وأعود الخشب المرمي في زوايا سكة القفاص .

ساباط القريني

عند ساباط القريني وبجانب مسجد الغراريش جلس عايش على عتبة داره متكئاً على جدار البيت في استرخاء تام، بدأ ينفث الدخان من سيجارته التي لفها تواً بورق الكاغد وفتات من ورق التتن، في استراحته تلك مر بجانبه أبو كاظم احد سكان ذلك الفريج، رفع أبو كاظم من بعيد يده للتحية على عايش الجالس وكأنه الوزير في كرسي وزارته، التفت عايش للجانب الآخر ولم يرد التحية لأنه قد اختلف مع أبو كاظم على قيمة البضائع في سوق الحراج والتي يعمل بها عايش في مساء كل يوم، وقد اشتراها أبو كاظم من عنده، دنا من عايش وهمس قائلاً الكبر لله ورد السلام واجب، بعدها ارتفعت الأصوات ما بين الاثنين فعايش عصبي المزاج وكذلك أبو كاظم حاد الطباع أيضاً، امتدت الأيدي بينهم إلى أن تشابكت ورفع أبو كاظم يده التي كمطرقة زبانية جهنم وأنزلها على انف عايش إلى أن سالت دماؤه، تزاحم أهل الفريج وبادر احدهم بفض النزاع ثم ناداهم بان يصلوا على محمد، هدأ المتزاحمون وتفرقوا بعد أن أخذوهم لكبير الفريج

الملا محمد بن عثمان، فقد كان مهاباً من جميع أهل الفريج، فقد كان هو العمدة الحاكم فيها فلديه سلطة كسلطات الملوك في عروشها.

احتكموا إليه، حكم بينهم ورد المظلمة لأصحابها، وصالح بين أبو كاظم وعايش، فخرجوا راضين من عنده داعين الله له بالصحة والعافية وطول العمر.

تبسم الملا محمد بن عثمان وقال بصوت منخفض لمن هم بمجلسه من كبار شخصيات الفريج وكان احدهم السيد جابر إبراهيم إنهم طيبون أهل الفريج فالبساطة والخلق الجميل يغلبان على طباعهم، هداهم الله لكل خير.

ثم أخذ عصاه التي يتوكأ عليها وتزيده هيبة وبهاءاً، كما تتدلى خصلات من شعره الأبيض على جبهته البيضاء والموسومة بعلامة السجود والتي تدل على كثرة صلواته وعبادته.

نزل من مجلسه العلوي إلى داره، دلف داخل المنزل من الجهة الشرقية وقد كان ذلك المنزل مقسم إلى قسمين لزوجتيه الاثنتين، تنحنح قبل الدخول يسبقه صوته الهادر يا الله يا الله .... يا أهل البيت .. يا الله .

أتته مسرعة خاضعة زوجته فضيضة وهذا الاسم تصغير لفضة وهي أم لثلاث بنات، زجرها الملا محمد بن عثمان بعنف لأنها تقدمت على زوجته الثانية زهرة أم الأولاد والتي يدلعها حبيبها ملا محمد بزهوري، تراجعت فضيضة إلى الخلف ترفل بأثوابها مقدمة زهرة ببهائها وزينتها، وفضيضة مبدية الاستسلام لأوامر سيدها ومولاها الملا محمد بن عثمان، متذكرة القول المأثور عن سيد البشر في ما معناه لو أمرت أحدا بالسجود لأمرت المرأة أن تسجد لزوجها.

ارتسمت ابتسامة سافرة على محيا زهرة والتي تقدمت للملا محمد ليشم منها رائحة المشموم المحلي لتنفرج أساريره وغامزاً لها لتفهم من تلك الغمزة بموعد اللقاء مساء هذا اليوم.

أشار الملا محمد بن عثمان بعصاه لزوجته فضيضة وقال بصيغة الأمر قومي اغسلي السطح الخاص لي وبعمتك وتاج راسك حبيبتي زهوري أم أولادي الذكور، وأعدي المرقد لي ولها وطيبي الفراش بماء الورد وضعي المشموم تحت الوسادة ليكتب الله رب السموات السبع ولد سابع يرفع أسمي في هذا الفريج مع إخوته الباقين، أحنت رأسها فضيضة مستجيبة

لأمر سيدها ومولاها والذي أوصى الدين بخدمته والسهر على راحته، فنحن عبيد لأزواجنا نطيعهم بما أمروا وننتهي عما نهونا عنه، وهذا هو الدين الحقيقي أن نكون عبيداً لسادتنا الذين هم أزواجنا، فالشكر لله والحمد له على هذه النعمة.

بدأت فضيضة بتهيئة الفراش لزوجها وضرتها، وتنهنهت متحلطمة في داخلها، إنني أم البنات الذي همهم من المحيا للممات ولازم أكون مطيعة وخادمة لزوجي وأولاده حتى لا يغضب علي ويطردني وليس لي ولي من بعده، إنه هو ربي وصلاتي وصيامي، قالت ذلك بعدم قناعة داخلية وبألم كأنه السم تتجرعه.

مع نسمات الليل الربيعي أغلق الملا محمد بن عثمان السطح مع زوجته زهوري كما تحب أن يدللها عندما تتغنج بكلامها له، بينما زوجته فضيضة نامت تحت الدرج مع بناتها الثلاث واعتزمت أمرا في صباح الغد.

عندما أشرقت الشمس بدأت الحياة تدب في ذلك المنزل، بدا صوته متثاقلاً عندما صرخ بفضيضة لتعد له إفطاره الصباحي وقهوته العربية المفضلة،

لم يجد إجابتها كالعادة ملبية سيدها ومولاها، بحث عنها فلم يجدها في داخل المنزل، بعد ذلك بلحظات جاءه احد أبناء الفريج مسرعاً لاهثاً، همس في أذنه كلمات لم يفهمها أحد، وبسرعة خاطفة سحب الملا محمد بن عثمان بشته وذهبا لساباط القريني، فوجد فضيضة مع بناتها الثلاث وحولهن بعض النسوة متجمعين عند مدخل ذلك الساباط احتجاجاً على سوء المعاملة من زوجها لأنها أنجبت البنات فقط، تدافع الناس لمشاهدة المرأة المحتجة فتلك سابقة ليست لأحد من قبلها، تخطا تلك الجموع واخرج من جيبه ورقة مختومة من الشيخ صادق بن جمعة فيه قول بان خروج المرأة التي تخرج من بيت زوجها من غير رضاه فإن ملائكة السماء والأرض تلعنها إلى أن تعود ويرضى عنها زوجها، فزعت فضيضة من تلك الورقة ونظرت للسماء راجية الملائكة بالتوقف عن لعنها فها هي تركع تحت أقدام سيدها الرجل من جديد، سحبها الملا محمد بن عثمان من يدها وادخلها المنزل ولن تخرج منه إلا لقبرها، سقطت دمعة من فضيضة وهي تنظر للسماء تحمد الله وتشكره على نعمة العبودية التي وهبها الله لها تحت ظل هذا الرجل العظيم.

الفهرس

نقب رسيول 5

نافذ بوعيد 13

ساباط السماعيل 21

البستان 29

سكة النجاجير 35

براحة السيد 39

براحة المسجد 43

دروازة الخباز 47

البورقه 49

سكة الحجي 53

براحة زكي 55

المحارف 65

دروازة الخميس 67

الشارع الملكي 71

الخـــر 73

مسجد الغراريش 77

الدريويزه 81

شارع المدير 83

سكة القفاص 87

ساباط القريني 91

إصدارات سيبويه المطبوعة

 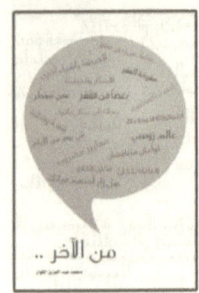 

إصدارات سيبويه الرقمية